AF603012

1914 Mars 7.

VENTE

Du Samedi 7 Mars 1914

HOTEL DROUOT

Salle N° 11, à deux heures.

EXPOSITION PUBLIQUE

Vendredi 6 mars 1914, de 2 h. à 6 h.

N° 167.

TABLEAUX

Lithographies - Gravures

DESSINS ANCIENS ET MODERNES

COMMISSAIRE-PRISEUR

Mᵉ GEORGES TIXIER

45, Rue de la Chaussée-d'Antin.

EXPERT

M. MAX BINE

17, rue Victor-Massé.

CATALOGUE

DES

TABLEAUX, LITHOGRAPHIES, GRAVURES, DESSINS ANCIENS ET MODERNES

par ou attribués à

CARESME, COROT, A. COYPEL, COURBET, DELACROIX,
DORÉ, DUBUFFE, FORAIN, JACQUES, LAMI,
LECLERC DES GOBELINS, LEGROS, LUCAS DE LEYDE,
DEVERIA, DAUMIER, MILLET, POUSSIN,
PRUD'HON, PRIMATICE, ROUSSEAU, ROYBET,
SCHEFFER, SCHENCK, SISLEY, TASSAERT,
VERNET, WASINGTHON, WALLIN
et des ÉCOLES FRANÇAISE, ANGLAISE,
FLAMANDE, ESPAGNOLE et ITALIENNE.

dont la vente aura lieu

à Paris, HOTEL DROUOT, Salle N° 11

Le Samedi 7 Mars 1914

à 2 heures précises

Par le Ministère de Mᵉ Georges TIXIER

Commissaire-Priseur

45, rue de la Chaussée d'Antin

Assisté de M. Max BINE, *Expert*

17, Rue Victor-Massé.

EXPOSITION PUBLIQUE

le Vendredi 6 Mars 1914, de 2 heures à 6 heures.

CONDITIONS DE LA VENTE

Elle sera faite au comptant.

Les adjudicataires paieront dix pour cent en sus des enchères.

L'exposition mettant le public à même de se rendre compte de l'état et de la nature des tableaux, il ne sera admis aucune réclamation une fois l'adjudication prononcée.

Paris. - Imprimerie FRAZIER-SOYE, 153-155, rue Montmartre

DÉSIGNATION

ADAM (V.)

1. — La sortie des chevaux. Dessin rehaussé de blanc.

ALIX (Gravé par)

2. — Fénelon et Racine. 2 gravures imprimées en couleurs.

3. — Dubois et Mirabeau. 2 gravures imprimées en couleurs.

ALHEIM (d')

4. — Une rue en Espagne. Peinture.

5. — Amour (L') chatié par sa mère. Gravure imprimée en noir.

BARON

6. — Scène à personnages. Plume et lavis.

BEMMEL (W. Van Attribué à)

7. — Paysage et personnages. Peinture.
Haut. 0,600. Larg. 0,900.

BONVIN (F.)

8. — Moine. Peinture.

BONNEVILLE

9. — Gravure ovale imprimée en noir.

BOISSIEU (J. J. de)

10. — Scène de la rue. Plume et lavis.

BOUDIN (E.)

11. — 8 dessins. Paysages. Crayon.

BOSIO

12. — Le baise-main. Crayon.

BOUCHER (d'après)

13. — Pastorale. Gravure sur soie.

CARESME (Ph.)

14. — L'ivresse : Nymphes et Faunes. Peinture.
Haut. 0,405. Larg. 0,320.

CARESME (Ph.) par Couché

15. — La petite Thérèse. Gravure imprimée en noir.

CHAPLIN (Ch.)

16. — Dessin à la plume.

COROT

17. — Paysage. Croquis au crayon. Timbre de la vente.
Haut. 0,102. Larg. 0,246

COROT (Attribué à)

18. — Paysage d'Italie. Peinture.
Haut. 0,220. Larg. 0,440.

COURBET (Attribué à)

19. — Paysanne à la source. Peinture.
Haut. 0,430. Larg. 0,350.

20. — Marine.
Toile de 50.

CORNILLE (V.)

21. — Concert dans le parc. Peinture.

N° 14.

COYPEL (Attribué à)

22. — Esther et Assuérus. Peinture.

Haut. 0,800. Larg. 1,000.

ÉCOLE DE DAVID

23. — Portrait d'homme. Toile.

Haut. 0,550. Larg. 0,460.

24. — Portrait présumé du Mal de Gouvion Saint-Cyr. Pastel.

25. — Portrait d'homme. Toile.
Haut. 0,500. Larg. 0,490.

DEBUCOURT (d'après Norblin)

26. — 3 gravures imprimées en couleurs.

DELACROIX (E.)

27. — 3 dessins. Timbre de la vente.

DECAMPS (Attribué à C.)

28. — Femme regardant de son hamac deux enfants qui s'embrassent. Toile.

DELPY (H. C.)

29. — Paysage. Bord de la Loire. Peinture.

DORÉ (G.)

30. — L'escalade du rocher. Toile. Peinture.
Haut. 0,410. Larg. 0,325.

DUBUFFE

31. — La coquette. Peinture.
Haut. 0,710. Larg. 0,580.

32. — Portrait de jeune femme. Rehauts de blanc.

ÉCOLE ANGLAISE (Début du XIXe siècle)

33. — Portrait d'homme. Sépia. Rehauts de blanc.

34. — 2 gravures à la manière noire.

ÉCOLE FRANÇAISE (XVIIe siècle)

35. — La gardeuse de moutons. Toile.
Haut. 0,450. Larg. 0,540.

36. — Portrait de femme. Pierre noire et sanguine.

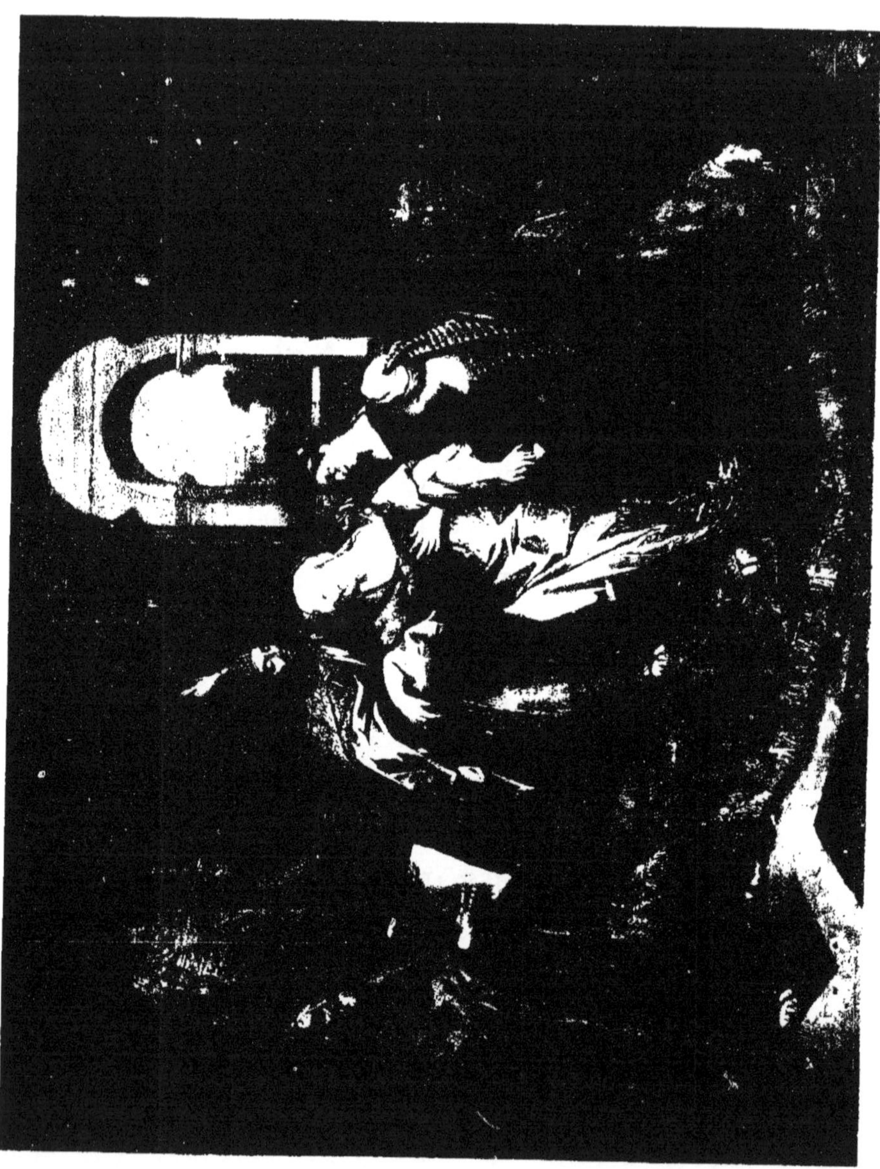

ÉCOLE FRANÇAISE (XVIIIe siècle)

37. — Amours. Pierre noire et sanguine.

38. — La femme au chien. A la sanguine.

39. — Etude d'homme. A la sanguine.

40. — Portrait d'homme. Pierre noire.

41. — Feuille d'étude. Crayon. Lavis d'encre de chine.

42. — Paysage animé. Plume et sépia.

43. — Paysage animé. Pume et encre de chine.

44. — Nymphes au bain. A la sanguine.

45. — Etude. A la sanguine.

46. — Amour. A la sanguine.

47. — 2 paysages animés. Gouaches.

48. — L'Arche de Noë. Gouache.

49. — Eventail. Pastorale. Gouache sur vélin. Monture ajourée ivoire et nacre.

50. — Portrait d'homme sur papier bleu. Crayon rehaussé de blanc.

51. — Paysage animé. Crayon rehaussé de blanc.

52. — Portrait de jeune fille. Forme ovale. Peinture.

53. — Tête de femme. Etude. Peinture.

54. — Tête de femme. Etude. Peinture.

55. — Projet pour candélabre. Plume rehaussée.

ÉCOLE FRANÇAISE (1re partie du XIXe siècle)

56. — Paysage animé. Gouache.

57. — Paysage. Sépia.

58. — Paysage animé. Peinture.

59. — Paysage et personnages. Peinture.

ÉCOLE FRANÇAISE (1830)

60. — Roqueplan dans l'atelier de Gudin. Peinture sur panneau.

Haut. 0,640. Larg. 0,800.

61. — Portrait de Béranger. Crayon.

62. — Portrait de Gœthe. Sépia. Rehauts de blanc.

63. — Portrait d'homme. Crayon.

64. — 2 marines. Peinture.

65. — Sujet en plâtre. Grenadier. Maquette.

66. — Paysage sur panneau.

67. — Paysanne suisse. Peinture.

68. — Portrait de femme. Peinture.

69. — Portrait de Madame G. Sand. Peinture.

ÉCOLE FRANÇAISE (seconde partie du XIXe siècle)

70. — La Barricade. Dessin rehaussé.

71. — La halte à l'oasis. Crayon.

72. — Scène biblique. Plume.

ÉCOLE FRANÇAISE MODERNE

73. — Intérieur d'atelier. Plume et aquarelle.

74. — Projet pour éventail. Aquarelle.

75. — Femme lisant. Peinture.

76. — Femme nue. Peinture.

77. — Femme à sa toilette. Peinture.

ÉCOLE HOLLANDAISE

78. — Fleurs. Panneau.

79. — Fruits. Panneau.

ÉCOLE ITALIENNE (XVIIe siècle)

80. — Composition pour plafond. Plume et lavis.
81. — Légion romaine. Peinture.

N° 84.

ÉCOLE ESPAGNOLE (XVIIe siècle)

82. — Portrait d'un moine. Peinture.

ETEX

83. — Un groupe, d'après Pradier. Crayon.

FORAIN

84. — Gens de justice. A la plume.
Haut. 0,310. Larg. 0,240.

GRÉVIN (A.)

85. — La siffleuse. Sujet en plâtre. Maquette. Signée.
Haut. 0,320.

GOUPIL (L.)

86. — Jeune paysanne. Signé.
Haut. 0,350. Larg. 0,260.

HUET (P.)

87. — L'Etang. Peinture.

HERVIER

88. — Une ferme. Crayon. Rehauts de blanc.

HELLÉ (A.)

89. — A la brasserie. Crayons de couleurs.

INGRES (École d')

90. — Portrait de jeune fille. Crayon.

91. — Jeune fille assise. Crayon rehaussé.

92. — Jeune fille assise. Crayon.

JACQUES (Ch.)

93. — 5 croquis d'animaux au crayon.

94. — 2 dessins. Etudes pour frontispice.

JAZET

95. — L'officier polonais. Gravure en noir.

LAMI (E.)

96. — Titre de romance. Crayon.
Haut. 0,181. Larg. 0,151.

LACAUCHIE (A.)

97. — Portrait. Crayon. Signé d'initiales.

98. — Dessin. Crayon. — Portrait de femme. Crayon.

N° 99.

LECLERC (des Gobelins)

99. — Les lunettes. Scène à nombreux personnages. Tirée des contes de La Fontaine. Peinture. Cadre ancien. Bois sculpté, doré.
Haut. 0,230. Larg. 0,345.

LEGRAND (L.)

100. — Fin. Eau-forte.

LEGROS (A.)

101. — Tête de femme. Dessin à la pointe d'argent.

LEPICIÉ (attribué à)

102. — Jeune femme cousant. Peinture.
Haut. 0,600. Larg. 0,400.

LEPRINCE (J. B.)

103. — 2 contre-épreuves de dessins à la sanguine.

LUCAS DE LEYDE

104. — Le baptême du Christ. Eau-forte.

LEBRUN

105. — Le serpent d'airain. Sanguine et encre de chine.

LITHOGRAPHIES

DEVÉRIA

106. — Juliette et Judith. Grisé coloriée.

107. — Portrait de femme. Chine avant la lettre.

DEVÉRIA — GREVEDON — LACAUCHIE, etc.

108. — 5 pièces.

MAURIN — GREVEDON — VIGNERON, etc.

109. — 12 pièces.

ROBILLARD

110. — 2 pièces coloriées.

ROCHEGROSSE

111. — La peur. Sur japon.

LÉANDRE

112. — Le Ministère des Finances.

DAUMIER

113. — Sou et Dupin. 61 pièces.

114. — 40 pièces du *Charivari*.

CHAM

115. — 14 pièces. Avant la lettre. Visées par la Censure.

N° 138.

TRAVIÈS — CHAM, etc.

116. — 130 pièces.

WINTERHALTER (d'après)

117. — Portrait de l'Impératrice Eugénie. Sur chine.

MARIAGE (d'après)

118. — Je ne te manquerai pas. Gravure imprimée en couleurs.

MARILLA

119. — Paysages d'Orient.

MAURIN

120. — Portrait de femme. Crayon rehaussé.

MENKIND

121. — Portrait de jeuue femme et enfant. Signé, daté 1838. Peinture.
Haut. 0,348. Larg. 0,320.

MERSON (L. O.)

122. — Projet de vitrail. Aquarelle.

MERY

123. — Aquarelle.

MIDY

124. — Fillette. Peinture.

MILLET (J. B.)

125. — Paysage à la plume.

MILLET (J. François)

126. — Bûcheron. Etude crayon. Timbre de la vente.
Haut. 0,130. Larg. 0,65.

127. — L'Effort. Etude crayon. Signé des initiales.
Haut. 0,120. Larg. 0,120.

MINIATURE PERSANNE

128. — Extraite d'un manuscrit du XVIe siècle. Nombreux personnages.
Haut. 0,280. Larg. 0,184.

MORLAND (G.)

129. — Ours attaqué par des chiens. Peinture.
Haut. 0,440. Larg. 0,555.

N° 146.

MOUCHOT

130. — Etudes diverses à l'huile.

MULLER, STEVENS, DUBUFFE, DELORME

131. — 5 gravures imprimées en noir.

NEUVILLE (A. de)

132. — Souvenir de campagne. Crayon et lavis.
Haut. 0,200. Larg. 0,290

NOGUÈS

133. — Portrait de jeune fille. Crayon.

PATER (J. B.)

134. — Cinq enfants jouant dans un paysage. Dont un déguisé en pierrot. Peinture.

Provient de la vente R. de St Victor en 1822.

Haut. 0,370. Larg. 0,460.

PELLEGRINI

135. — Femme endormie. Sanguine et rehauts de blanc.

POELEMBURG (attribué à)

136. — La danse. Aquarelle.

PORTRAITS GRAVÉS par J. HAÏD, etc.

137. — 13 pièces.

POUSSIN (N.)

138. — Ruines. A la sépia.

Haut. 0,270. Larg. 0,160.

PRIMATICE

139. — Diane chasseresse, Peinture.

Haut. 0,540. Larg. 0,680.

PRUD'HON (P. P.)

140. — Portrait d'un jeune homme.

Haut. 0,450. Larg. 0,370.

RENOUARD

141. — En famille. Etat.

RIBERA (attribué à)

142. — Etude d'homme. A la plume.

ROUBY

143. — Nature morte. Peinture. Signé en bas à gauche.

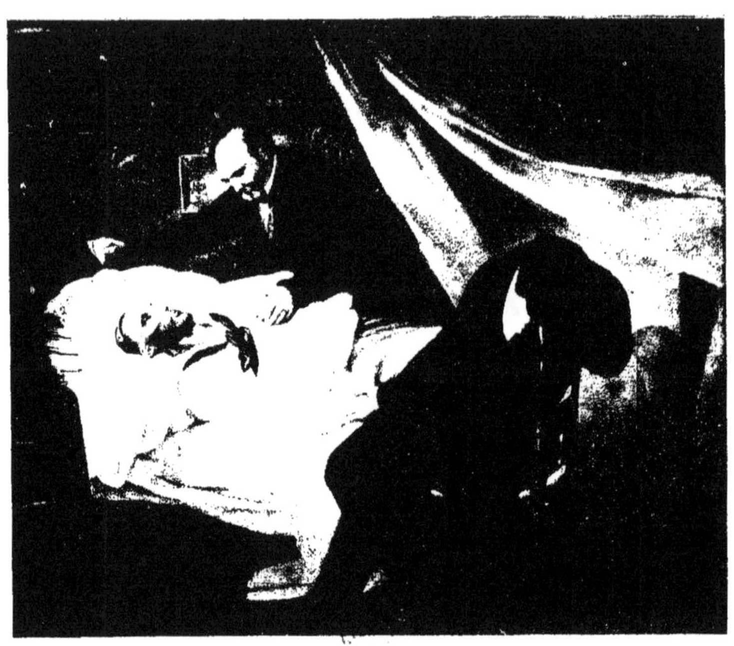

N° 152.

ROUSSEAU (Th.)

144. — 2 paysages. Crayon. Timbre de la vente.

145. — Paysage animé. Peinture.
Haut. 0,155. Larg. 0,112.

ROYBET (A.)

146. — Mousquetaire. Crayon. Signé en bas à droite.
Haut. 0,350. Larg. 0,225.

RUBENS (d'après) par Lempereur

147. — Le jardin d'amour. Gravure en noir.

148. — Amours chargés de fruits. Crayon.

RUOTTE (Gravé par)

149. — Portrait de Nicolaüs Daleyrac. Gravure imprimée en couleurs.

150. — Le lendemain des noces. Gravure en noir.

SABATELLI

151. — Chasse au sanglier. Sépia.

SCHEFFER (A.)

152. — La mort du peintre Géricault. Signé en bas à gauche. Peinture.

On y a joint la lithographie.

Haut. 0,390. Larg. 0,470.

SCHENCK

153. — Mouton dans la neige. Peinture.

Haut. 0,325. Larg. 0,385.

154. — Berger et son troupeau. Dessin crayon, rehauts de blanc.

SISLEY

155. — Bords du Loing. Peinture. Signée en bas à droite.

Haut 0,480. Larg. 0,650.

STEVENS (A.)

156. — Marine. Peinture.

TASSAERT

157. — Désespoir. Peinture. Signée, datée en bas à gauche.

Haut. 0,460. Larg. 0,380.

TCHOUMAKOFF

158. — 12 esquisses diverses.

159. — 12 esquisses diverses.

TIRET-BOGNET

160. — A Gentil Bernard. Dessin aquarellé.

VANLO (C.)

161. — La conversation espagnole. Gravure en noir.

VERNET (C.)

162. — Le maître de danse. Crayon.

VERNET (H.)

163. — Soldat. A la sépia.

VERNET (École de J.)

164. — Pêcheurs au bord de la mer. Peinture.

VIGNERON

165. — Portrait de jeune fille. Crayon.

WASINGTON (G.)

166. — La prise du drapeau. Importante aquarelle signée en bas à gauche.

Haut. 0,485. Larg. 0,365.

WALLIN

167. — Jeune fille couronnée de roses. Peinture.
Haut. 0,200. Larg. 0,150.

WALLIN (Attribué à)

168. — Les baigneuses. Peinture.

WINTERHALTER (Attribué à)

169. — Enfants dans un parc.

WELDE (Van)

170. — Bateaux. Plume et lavis.

171 à 175. — Gravures et dessins en lots.

176. — Tableaux omis.

www.ingramcontent.com/pod-product-compliance
Ingram Content Group UK Ltd.
Pitfield, Milton Keynes, MK11 3LW, UK
UKHW021040260726
13994UKWH00005B/2282